_____에게

_____

_____ 마음을 담아

_____ 드림

너에게도 안녕이

창비
청소년
시선
27

너에게도
안녕이

나태주 시집

창비

차
례

제1부

봄을 준다

서로 하는 말

사랑한다 애야
너도 나를 사랑하는 줄
모르지 않는단다.

그냥 좋아

나는 네가 더 예뻐지는 게 좋아
나는 네가 더 행복해지는 게 기뻐

나는 네가 더 예뻐지는 걸 보면서
행복해하는 사람

나는 네가 더 행복해지는 걸 보면서
따라서 기뻐하는 사람

이대로가 좋아
그냥 좋아.

꽃밭

이뻐요
이쁘다고 말하는 사람 보면
나도 따라서 이쁘다.

이뻐요
이쁘다고 말하는
사람 보면
나도 따라서
이쁘다

트렌치코트

●

아빠가 사 준
트렌치코트

저녁 찬 바람
집으로 돌아오는 길

옷깃을 여미니
아빠 생각이 난다

옷깃 여미는
나의 손에

아빠 마음이
먼저 와 있었다.

가을 햇살 아래

가을 햇살은
겸손하고 부드럽다
부릅뜬 눈을 거두어
다감한 눈으로
사람을 보기 시작한다

괜찮아 괜찮아
올해도 수고 많았지
조금씩 좋아질 거야
사람의 머리를 쓰다듬고
사람의 어깨를 쓸어 준다

가을 햇살은 우리에게
부드러움과 착함을 가르친다
올해도 가을
내가 살아서 다시
너를 만남이 행운이다.

앉아서 보는 바다

앉아서 바다를 볼까?
서서 바다를 볼까?
앉아서 보는 바다는 키가 작고
서서 보는 바다는 키가 크다

아니다

서서 보는 바다는
성난 바다이고
앉아서 보는 바다는
울고 있는 바다이다

바다야 바다야
울지 말아라
내가 옆에 있잖니

바다의 머리를 쓰다듬어 준다
얌전해지기 시작하는 바다

파도의 손을 오래 만져 준다
바다도 지그시 눈을 감는다.

고구마

●

고구마
찐 고구마 먹으니
문득 목이 멘다
해마다 잊지 않고
고구마 보내 주는 사람
그 사람 생각에
더욱 목이 멘다.

작별

●

안녕, 안녕
안 보일 때까지

안녕, 안녕
안 들릴 때까지

모퉁이 돌아
산 고개 넘어

물소리
될 때까지

바람 소리
될 때까지.

예쁨은 힘이 세다

아, 저기 꽃이 피었구나
사람들은 그렇게 말은 하지만
아, 저기 꽃이 졌구나
그렇게 말하지는 않는다
그렇게 피어 있는 꽃은 힘이 세다
살아 있음은 힘이 세다
예쁨은 더욱 힘이 세다.

그렇게
피어 있는 꽃은
힘이 세다
살아 있음은
힘이 세다
예쁨은 더욱
힘이 세다

노래 방울

비 오는 날이지
날은 어둡고 우울하지
짜증도 나지
그렇다고 마음까지
비에 젖으면 안 되지

마음에 젖어 드는 물방울들
튕겨 내야지
튕겨 내더라도 세차게 힘차게
리드미컬하게 튕겨 내야지
통, 통, 통, 통

그래, 비 오는 소리로 말이야
어두운 마음 우울한 마음은 모두
빗방울더러 가져가라고
빗방울에게 맡겨야지
끝내 우리는 환하고 밝은
맑은 날을 가슴에 품어야지

그래, 노래 방울이 되어야지
멀리까지 가는 메아리의 숲
새소리의 터널이 되어야지
얼마나 좋겠니?

제민천 여름

물고기래야 버들치
새로 새끼 친
어린 물고기들은
어린 물고기들대로
떼를 지어 다니고
어른 물고기는 또
한두 마리씩 쉬익쉬익
물살을 휘젓고 다닌다

물고기가 돌아와
물이 살아나고
개울이 살아나고
바람도 살아나고
하늘도 살아나고
사람까지 살아난다
따르르따르르 우는
매미 소리조차 정겹다.

백목련

해마다 봄이 오면
참으라고 조금만 더
기다렸다 나오라고
그렇게도 타일렀건만

그 사이를 참지 못하고
너무 일찍 나와 출랑대다가
꽃샘바람 서리 맞고
시들어 버린 저 아이들

얼굴에 새하얀 분칠만 해 댄
철부지 저 아이들!

흉터

●

예쁜 다리 오금팽이
살짝 숨어 눈을 뜨고 있는 흉터
유치원 때 교통사고로
만들어진 흉터

볼 때마다 우리 아빠
마음 아프다 그래요
볼 때마다 우리 엄마
보조개 같아 귀엽다 그래요

그래그래
그 마음이 사랑이란다
이다음에도 네 흉터 예쁘다
귀엽다 안쓰럽다 보아 주는 사람
만나서 살아라

네 마음의 흉터와 얼룩까지 감싸 주고
아껴 줄 줄 아는 사람이 정말로 너를

사랑하는 사람이란다.

새해

너 본 지 오래다
일 년이나 지났네

너를 만난 건
지난해 12월 31일
오늘은 새해 1월 1일

날마다 만나도
보고 싶은 너
하루를 못 보면
일 년을 보지 못한 듯

날마다 만나며 살자
순간순간 만나며 살자
마음으로 그렇게 하자.

날마다 만나며 살자
순간순간 만나며 살자
마음으로 그렇게 하자

질문

제일 많이 받는 질문이다
왜 시를 쓰고, 어떻게 해서 시를 쓰게 되었나요?
열여섯 나이 좋아하던 여학생 있었더란다
연애편지 쓰다가 시를 쓰게 되었지
연애편지는 어떻게 쓰나?
울렁이는 마음 고운 마음 사랑스런 마음
될수록 예쁘고 고운 말로 정성껏 다듬어서 쓰지 않더냐
그것이 바로 시 쓰는 마음이고 시란다
돈이나 물건을 얻는 것은 처음이요
사람을 얻는 것은 그다음이요
사람 마음을 얻는 것이 가장 좋은 것이란다
시란 누군가의 마음을 얻는 것
그 사람 마음을 내게로 데려오는 것
그게 제일 크게 얻는 것이고 제일 장한 일이 아닐까
그래서 지금도 나는 열여섯 아이 연애편지 쓰듯
세상한테 연애편지 쓰는 마음으로 시를 쓰는 거란다.

두 번째 질문

아이들한테서 두 번째로
많이 받는 질문이 있다
시를 쓸 때
어디서 영감을 많이 받느냐고

그 대답은 아주 간단하지
나의 시는 길거리에
버려진 보석을 줍는 거니까
천지 만물, 그러니까
세상과 사람과 자연한테서 받지

나는 지금 너한테서도
영감을 받는 중이란다.

화통

사람 마음은 걸레다,라고 말하면 사람들은 놀란다
어떻게 그렇게 말할 수 있느냐 항의하고 싶어 한다
그러나 사람들은 걸레가 처음부터 더러운 것이
아니었다는 것을 짐짓 잊는다
애당초는 깨끗한 것이었으나
더러운 것들을 닦아서 그렇다는 말이다
어찌해야 할 것인가?
깨끗한 물에 빨아야 한다
대번에 나오는 대답이다
그것은 우리들 마음도 마찬가지고 우리들 몸도 마찬가지
몸이야 날마다 목욕을 하거나 세수를 하면 되지만
마음은 어떡해야 하나?
시를 쓰는 것이나 읽는 것이 마음을 빠는 일입니다
그렇게 말해 주면 사람들은 또 알아듣고 머리를 주억거
린다
피차 화통한 일이다.

꽃 핀다

●

없는 듯 있다가
꽃 핀다

죽은 듯 숨었다가
꽃 핀다

꽃 필 때에야 겨우
알아본다

여기는 살구꽃
저기는 복숭아꽃

또 저기는 진달래
그리고 철쭉꽃

그렇다면 너는
무슨 꽃을 피우고 싶으냐?

어떤 봄날

길을 잘못 들었단다, 시골길
시내버스 타고 가다가
내리지 않을 곳에서
내렸지 뭐냐

길을 잘못 들고
내리지 않을 곳에서
내리는 바람에
살구꽃 대궐로 핀 마을을
만났지 뭐냐

조그만 집 대문간에 나와 앉아
놀고 있는 예쁜 아이 하나
너를 또 만났지 뭐냐

그렇다면 말이다
길을 잘못 든 것도
끝까지 잘못한 일은 아니고

내리지 않을 곳에서 차를
내린 것 또한 끝까지
잘못한 일은 아니지 뭐냐.

최선

●

올해도 봄이 와
꽃을 피우는 나무들
땅을 기면서도
꽃을 마련한 풀꽃들

그것이 저들의 최선이다
목숨의 잔치, 최고의 사랑
최선, 최선, 박수갈채
깔깔 웃음이다

우리도 꽃을 피우자
꽃을 닮아 최선,
최선이 되자
봄, 그것이 되어 버리자.

사과로부터

사과는 제가
사과인 줄도 모르고 익어야
정말로 사과라는 말이 있고
꽃도 제가 꽃인 줄 모르고
피어야 정말로 꽃이라는 말이 있단다

그러니 아이야
너도 너무 많이
아이이려고 하지 말고
너무 빨리 어른이 되려고
조바심하지 않았으면 좋겠어
그냥 지금은 아이이기만 하면 좋겠어

너무 많이 아이인 아이
너무 빨리 어른이 되는 아이
얼마나 징그럽겠니?
그건 어른들도 그렇단다.

우울한 날

●

눈여겨보아 주지 않아도
꽃들은 예쁘게 핀다

칭찬해 주지 않아도
꽃들은 착하게 산다

알아주지 않아도
꽃들은 사랑스럽게 어울린다

꽃들에게는, 하기는
달빛과 바람과 이슬이

오래된 친구이고
변하지 않는 이웃인지도 몰라

오늘 같은 날은 네가 나의
별이고 또 꽃이었음 좋겠다.

오늘 같은 날은
네가 나의
별이고 또
꽃이었음 좋겠다

청소년을 위하여

모르면 몰라도
성공한 사람이란
청소년 시절 자기가 가졌던 꿈
자기가 되고 싶었던
자기에 대한 생각을
평생 잊어버리지 않고
가슴속에 간직하면서 살아
나이 든 사람이 되었을 때
비로소 그 사람을 자기 안에서
만나는 사람일 거야
그 사람이 되기 위해
끊임없이 노력하는 사람일 거야
그래, 너의 꿈은 무엇이니?
네가 되고 싶은 사람은
어떤 사람이니?
부디 그 사람을 나중에
너도 만나기 바란다
나도 지금, 그 사람을

만나러 가는 중이란다.

하늘은 넓다

우리 학교 정원
향나무 꼭대기에
집을 짓고 새끼를 친 참새

날마다 쩍째글
쩍째글 커지는
참새 새끼들 울음

아이들에겐 알려 주지 말자
어른들은 그렇게
생각하고

어른들에겐 말해 주지 말자
아이들은 그렇게
생각하는 사이

참새 새끼들 다 자라
하늘로 날아간다

휘이휘이 하늘은 넓다.

참새가 운다

창틀에 와서
참새가 운다
지난봄 우리 학교 정원
향나무에서 깨어 나간
아기 참새다

짹 짹 짹 짹
1학년 언니들도 고마워요
유치원 언니들도, 6학년
오빠들도 다 고마워요

짹 짹 짹 짹
우리가 알이었을 때
우리가 새끼 새였을 때
우리 엄마 둥지를
건드리지 않아서 고마워요

차례차례로

인사를 한다
짹 짹 짹 짹
창틀에 와서 아기
참새가 운다.

헤어지고 나서야

낯선 땅 낯선 장소
얼굴 모르는 사람들 사이
오래전부터 알고 있었던 듯
바라보아 주던 아이

다른 사람들 모두 떠난 뒤에도
차마 떠나지 못하고
주변을 맴돌고 맴돌던 아이

그냥 그렇게
헤어지고 돌아왔지만
보고 싶다 떠나와서
생각 자주 난다

이럴 줄 알았더라면
이름이라도 알아 둘걸
그냥 길가에 피어 있는
꽃나무 같던 아이

아무렇지도 않게
흘려보낸 바람 같고
구름 같던 아이
보고 싶다
헤어지고 나서야 보고 싶다.

봄의 생각

●

꽃 필 때
꽃나무
알아보고
열매 익을 때
과일나무
알아본다

사람도 그렇지

좋은 일 할 때
좋은 사람
알아보고
나쁜 일 할 때
나쁜 사람
알아본다.

나는 네가 좋다

나는 네가 좋다
그냥 좋다
그런데 너는 나를
좋아하지 않는 것 같다
내가 말을 걸어도
대답도 잘 하지 않고
내가 웃어도
같이 웃어 주지 않고
내가 바라봐도 나와
눈 마주쳐 주지도 않는다
아마도 좋아하는 아이가
따로 있는가 보다
그래도 나는 네가 좋다
너를 좋아하는 마음을
그만두고 싶어도
쉽게 그만두어지지 않는다
그래서 나는 마음이 아프다
너를 보면 마음이 아프고

너의 목소리 들으면
더욱 마음이 아프다
그래도 나는 너를 좋아할 거다
너를 좋아하는 건
내 마음이고
누구도 말릴 수 없는 일이다
너도 내 마음만은 말리지 말아라
마음이 아파도 나는 너를
계속해서 좋아할 거다
그냥 좋아할 거다.

너를 보면
마음이 아프고
너의 목소리 들으면
더욱
마음이 아프다
그래도 나는 너를
좋아할 거다

예쁜 너

사람은 언제 예쁜가?

자기가 좋아하는 사람
자기를 믿어 주는 사람
앞에 있을 때 예쁘다

마음 놓고 웃을 때 예쁘고
마음 놓고 말할 때
더욱 예쁘다

너는 언제 예쁜가?

네가 좋아하는 사람 앞에
있을 때 예쁘고
내 앞에서도 가끔은 예쁘다

너를 예쁘다고 생각하므로
가끔은 나도

예쁜 사람이 되기도 한다.

성공하고 행복해라

인생은 누구에게나
한 번밖에 없는 지구 여행이다
이다음에
지구를 떠날 때 자기의 지구 여행이
참 좋았다고 말할 수 있도록
힘써 잘 살아야 한다
그러기 위해선 끝까지 버텨야 한다
참아야 하고 포기하지 말아야 한다
자기를 충분히 사랑할 필요가 있다
자기 자신을 아끼고 사랑하는 사람은
무슨 일이든 열심히 하고
자기의 일이나 인생을 포기하지 않는다
함부로 하지 않는다
너 자신을 사랑하는 만큼
다른 사람을 또한 사랑하고 헤아려라
평온한 마음을 가져라
마음이 편해야 일이 잘 된다
인생의 성공은 인생의 끝자락에만

있는 것이 아니고
가는 도중에도 있다
사는 날 하루하루가 성공이요
하루하루의 삶이 성공과 함께 가는 길이다
부디 성공하고 행복해라.

그건 시간문제

●

너는 세상이 좋아서
세상에 온 아이

사람을 좋아하고
꽃을 좋아하고
맑은 하늘 구름을 좋아하고
여행을 좋아하는 아이

기다리렴
조금만 더 기다리렴

조금만 더 기다리면서
사람을 좋아하고
꽃을 좋아하고
맑은 하늘 구름을 좋아하렴
그리고 여행을 좋아하렴

그러다 보면

세상이 너를 사랑하고
꽃이 너를 사랑하고
하늘과 구름과 여행이 너를
사랑해 줄 거야

그건 시간문제야
암, 시간문제이고말고
너 같은 아이를 사랑해 주지 않고
누구를 사랑해 주겠니.

일요일

우리 꼬맹이
멀리서 더
예뻐요

보고 싶어서
어쩌나?
그래도 참아야지.

멀리 있는 봄에게

봄이야 봄
쿨렁, 가슴속 깊이
울려오는 목소리
봄이라니까
물컹, 보랏빛 목소리

알았어요
알았다니까요
말기의 행성인 지구
숨 가쁘게 돌아가는
늙은 지구에서 만난 너

사랑해요
사랑합니다
하늘 위에 강물로 걸어 둔다
흰 구름 배, 하늘 강물에
띄운다

또다시 어디선가
새소리 찾아가거든
나의 말인 줄 짐작해 다오
개울물 소리 쫄랑대는 소리
나의 속삭임인 줄 알아 다오

봄이야 봄이라니까
알았어요 알았다니까요
아프지 마라 사랑해
나 여기 있단다
네, 그것도 알고 있다니까요.

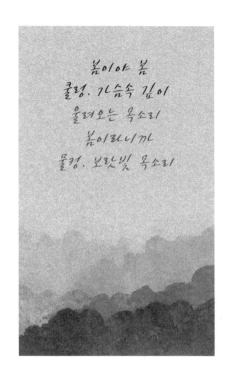

봄이야 봄
쿨렁. 가슴속 깊이
울려오는 목소리
봄이라니까
물컹. 보랏빛 목소리

미루나무

여름 들판의 뜨거운 열기를
고스란히 초록으로 바꾸어
하늘로 하늘로 보내고 있는
미루나무여 초록 분수여

우리 인간도
저럴 수 있으면 얼마나 좋을까
오늘의 젊은이들이 저렇게 싱싱하게
푸르를 수 있으면 얼마나 좋을까

미루나무여
그대의 열정을 빌려 다오
젊은이들이여 여름 들판
미루나무의 열정을 배워 다오.

철없을 때 행복해라

언제나 잘 웃고 자랑자랑 따르고
어리고도 천진하던 은이
막내딸 같기만 하던 은이가
시집을 간다 그러네요

어느 날부턴가 잘생긴 사내아이
환한 얼굴에 잘 웃는 사내아이와
손잡고 다니더니 그만
그 사내아이의 색시 된다 그러네요

잘한 일이지요
기쁜 일 좋은 일이지요
사람은 철이 들어야만 행복하고
나이 들어야만 행복한 것 아니지요

나이 어려도 행복하고
철이 없을 때 더욱 행복할 수 있지요
이웃 사람이 어른 된 사람이

빌어 줄 게 무엇 있나요?

부디 둘이 함께 살면서
행복하게 잘 살거라
지금처럼 그렇게 잘 살거라
처음 마음 잊지 말고 잘 살거라

빌어 주고 싶어요
응원해 주고 싶어요
시집가는 은이야
오늘이 네가 제일 예쁜 날

은이와 함께 서 있는 남자도
오늘이 제일 잘생기고 멋있는 날
길지 않은 인생 짧지 않은 인생
부디 둘이 잘 살거라

속상할 때 힘들 때

상대방이 나한테 조금 섭섭할 때
그가 했던 가장 좋은 일
좋은 말 생각하며 참으며 살아야지

지는 게 이기는 거란다
참는 게 이기는 거란다
더 많이 사랑하는 사람이
더 많이 져 주는 게임이 사랑이란다

은이야 은이 옆에 함께 서 있는
이 군아 잘 웃고 잘생긴 사내야
잘 살아라 둘이서 먼 길
끝까지 가면서 끝내 이겨라.

제2부

첫 선물

첫 선물

●

너는 너 자신 그대로
나에게 보석이고
아름다움

그 무엇으로도
대신할 수 없는
눈부심이며 어지러움

하늘 나라 별이
길을 잃고 잠시
내 앞으로 왔나 보다.

시인

●

모국어의 텃밭에서
자기가 사랑하는 말
한두 개 골라
시로 써서 다시
모국어의 텃밭에
바치는 사람.

카톡 사진

네 사진이
오늘따라
예쁘다
날이 흐려도
네 사진을 보면
마음이 갠다
네 사진은 나에게
맑은 하늘이다
푸른 바람이다
때로는 맑은 물
한 잔이다.

날이 흐려도
네 사진을 보면
마음이 갠다
네 사진은 나에게
맑은 하늘이다
푸른 바람이다

시 받아라

●

가는 길에
꽃도 보고
구름도 보고
바람도 만나고 그러세요

그 말이 또 그대로
나에겐 시로 들리네
더할 수 없는
응원이네

그래, 너도 오늘은
꽃도 보고
구름도 보고
바람도 만나거라

여름이라도 늦여름
하늘에 구름이 좋다
멀리 나도 너에게

시를 보낸다.

귀로

●

오늘도 어쩔 수 없이
날 저물어 저녁때
금강 물 금강 가 줄지어
키 큰 미루나무
물에 거꾸로 몸을
담그고 서 있는 미루나무
그림자를 보면서
다시 너를 생각한다
오늘따라 저녁
어스름이 서럽고도
아름답다.

꿈

밤마다 무엇엔가
쫓기는 꿈을 꾼다
쫓기는 꿈을 꾸다가
더는 쫓길 수 없어
꿈 밖으로 튕겨 나온다
쫓기는 꿈이 오히려 감사하다
날마다 하루 잠에서 깨어
하루를 잘 살게 해 주니까.

풀꽃 시

●

번번이 나보다
한발 앞서
어딘가에 가서
기다리는 시

반갑다
고맙다
미안하다
앞으로도 씩씩하게 자라거라.

너처럼

나는 운이 좋은 사람
오늘도 살아 있는 사람이어서 좋고
어딘가를 갈 수 있어서 좋고
무슨 일인가 할 수 있어서 좋지만
무엇보다도 너를
만날 수 있어서 좋아
너도 부디 그러길 바라
너 잘 살기 바라
너처럼
너를 닮은 꽃이 되어
잘 살기 바라.

낙화

꽃잎
나비

꽃잎
비

꽃잎
눈물

꽃잎
너

나도 때로는 네 앞에
꽃잎으로 지고 싶었다.

나도 때로는
네 앞에
꽃잎으로
지고 싶었다

봄의 아이

●

봄이 되면 왜
너는 더 예뻐 보이나?

날씨가 풀리고
봄이 와서 그럴까
나무에 풀에
꽃이 피어나고
새잎이 돋아 그럴까

아니야, 네가 비로소 네가
되고 싶어서 그럴 거야.

기도한다

예쁨보다는 귀여움
귀여움보다는 부드러움

다시금
부드러움보다는 따스함

너의 부드러움을 위하여
너의 귀여움을 위하여

끝내 너의
예쁨을 위하여.

바라건대

네가 바라보는 흰 구름
너를 닮아서 예쁘고

네가 바라보는 나무들
너를 닮아서 싱싱하다

너를 바라보는 나

너를 닮아서 나도 또한
씩씩하기를 원한다.

그림

나무 꼭대기에
앉은 바람

나뭇가지에
앉은 새

나무 아래
앉은 사람

다 같이 편안하다
다 같이 쉬고 있다

보는 사람도
생각하는 사람까지도.

5월

아름다운 너
네가 살고 있어
그곳이 아름답다

아름다운 너
네가 웃고 있어
그곳이 웃고 있다

아름다운 너
네가 지구에 살아
지구가 푸르다.

아름다운 너
네가 지구에 살아
지구가 푸르다

하늘이 맑아 1

네가 너무 예뻐서 눈물 난다
네가 너무 예뻐서 하늘을 본다

내가 만약 하늘을 보며
눈물 글썽이거든
너는 그냥 내가
혼자서 기뻐서, 혹은
슬퍼서 그런 거라고만
여겨 다오

꽃이 예쁘고
나무가 사랑스럽고
강물이 반짝여서
그런 거라고만
짐작해 다오

내가 만약 한숨을
쉬고 있거든

그냥 나 혼자만의
슬픔에 겨워
그런 거라고만 생각해 다오.

하늘이 맑아 2

멀리 아주 멀리
나를 알아주는 한 사람
더구나 더 멀리 낯선 나라
말까지 다른 나라 사람들
나를 알아주고
나를 느껴 주고
나를 숨 쉬어 주니
이 얼마나 감사 감격
좋은 일인가
그 기쁨 그 힘으로
세상 속으로 들어간다
하늘 바다에 그넷줄
내어 밀듯이 나를 멀리
띄워 보낸다
구름아 나를 보아라
새들아 니들도
나를 좀 보아라.

마음속에

오늘 다시 하늘 높고
구름 높은 날이야

이런 날이면 왜
어김없이 나는 네가
보고 싶은 것이냐?

잘 있겠지 잘 있을 거야
스스로 묻고 스스로 답한다.

아무래도

느낌이 좋다

잠시 내 옆에 와서
앉아 있는 너

한 마리 새였을까
꽃이었을까

꽃이라고 해 주세요
아니야 꽃은 아니야

꽃은 있던 자리 그대로
떠나지 않고 있잖니?

아무래도 너는
한 마리 새였나 보다

그래도 향기가 좋다.

조바심

●

잘 있을까?
잘 있겠지
잘 있을 거야
또다시 조바심
시작이다 시작
하늘을 본다
멀리 꺼밋한
먹장구름
마음을 내려놓았다가
다시 들어 올린다.

너는 나

네가 예뻐서
내가 좋아

네가 예뻐서
내가 기뻐

너를 보면
내 마음이 꽃이 돼

꽃이 되어 예뻐지고
내 마음에서도 향기가 나

이제는 네가 아니고
나이기도 해.

노래

귀 기울이네
고개를 돌리네
마음의 문을 여네

저쪽에서 노래가 오고
있기 때문이네
네가 입을 벌려
끝없이 내게 향기를
보내고 있기 때문이네

이제는 돌렸던 고개를
다시 딴 곳으로 돌릴 수 없네.

전화 없는 날

보고 싶지도 않은가 보다
생각나지도 않는가 보다
전화 없는 날
카톡조차 없는 날
나만 혼자 까치발 딛다가
먼 하늘 바라보다가
에라 모르겠다
이번에도 내가 졌다
전화기 든다
잠시 하늘이 파랗다.

보고 싶지도 않은가 보다

에라 모르겠다
이번에도 내가 졌다
전화기 든다
잠시 하늘이 파랗다

날마다

날마다 날마다
이것이 마지막이다
우리의 마지막 만남이다
내 앞에 있는 네가
내가 보는 마지막 너다
날마다 날마다
이것이 마지막 지구다
마지막 별이다
내일은 없다
내일을 기대하지 마라
내일엔 너도 없고
나도 없다
다만 오늘 이 순간뿐이다.

약속

●

살아남고 보자
어쨌든 살아남고 보자
구름이 하는 말을
나무가 대답한다

견디고 보자
어쨌든 오래 생각해 보자
별들이 속삭인 말을
누군가 엿듣는다

어디선지 모르지만 그것은
언제나 너
그리고 나.

여행길에

●

1
네가 보고 싶어 하는
사람만 보지 말고
너를 바라보는 사람도 좀 보아라
그 사람에게서 너의 길이
열릴지도 모른다
늘 네가 주인이려고만 하지 말고
때로는 배경이 되려고도 해 보아라
그럴 때 더 좋은 일이 일어난다.

2
갈 길이 멀다
졸지 마라

그렇다고
겁먹지는 말아라

마음이 가벼우면

발길도 가벼운 법

늘 네 곁에 기쁘게
있고 싶어 하는

내가 멀리 있음을
또한 잊지 말아라.

새싹

봄비가 씨앗의 문을 두드렸다
나야 나
이제 잠을 깰 때야
그래서 내가 하늘 나라에서 찾아왔어

바람이 씨앗의 몸을 매만져 주었다
나야 나
이제 자라야 할 때야
그래서 내가 먼 나라에서 찾아왔어

새싹은
봄비와 바람의 말을 알아듣고
숨을 크게 쉬며 몸을 키워
풀이 되기도 하고 나무가 되기도 한다.

그 애

●

그 애는 영혼이 맑은 아이
갠 하늘 달빛같이
별빛같이 맑은 아이
그 맑은 영혼으로
나의 영혼을 밝힌다

나의 슬픔과 기쁨
나의 그늘까지
환하게 비춰 주니
이게 웬일이더냐
놀라워라 고마워라

이 세상 그런 아이 하나
숨 쉬고 있음이 나에겐
더없이 귀한
은총이에요 축복이에요.

언제나

●

네가 있어 좋아
그냥 네가 있어 좋아
웃어도 좋고
웃지 않아도 좋고
말을 해도 좋고
말을 하지 않아도 좋아
네가 있어 좋아
언제나 내 앞에
네가 있어 좋아.

네가 있어 좋아
그냥 네가 있어 좋아
웃어도 좋고
웃지 않아도 좋고

제3부

다시 아침

오늘

●

오늘은 어떤 날?
내 생애 내가 앞으로
살아야 할 날
모든 날 가운데에서도
첫날이자 새날

그러면 나는 오늘 어떤 사람?
그 새날과 첫날을 살아야 할
새 사람이고 첫 사람

그것은 내일도 모레도 그렇지
내일도 모레도 그날은
내 생애 남은 날 가운데
첫날이고 새날
나 또한 첫 사람이고 새 사람

어떠니?
그렇게 생각해 보니 진저리 쳐지지 않니?

날마다 맞이하는 날이 소중하고
너 자신이 더욱 소중하지 않니?

멀리 소식

자주 연락 안 하고
문자 안 해도
잘 있는 줄 알게

잘 지내고 있는 너
잠시 보았으니
마음이 놓여

문득 반갑고 기쁘게
다시 만날 날이
있기를 바라

잘 있으렴
잘 지내렴
좋은 세상과 함께

나도 네 생각
놓치지 않고

잘 견딜게.

순한 귀

●

너의 귀에게
감사해
어떤 말을 해 줘도
네~
고개 솔깃
귀 기울여 주는
너의 귀
순한 너의 귀에게 감사해
순한 너의 귀로 해서
나의 입도 순해져
너의 귀를 따라
나의 입도
조금쯤 맑은 샘물이 되고
조그맣게 입 벌린
꽃이 되기도 한단다.

집밥

집밥이란 말
목이 멘다

도대체 집밥은
학교 식당 밥이나 음식점 밥과
무엇이 다를까?

다만 엄마가 만들어 주는
음식이란 것이 다를 뿐이다

밥에
엄마 마음까지
들어갔기에 그런 것이다.

엄마에게

엄마에게 전화하면
엄마의 말은
너 밥이나 먹었니?
너 지금 어디에 있는 거니?

엄마에게 나는 언제나
밥 굶는 아이이고
길 잃은 아이

엄마, 엄마
걱정하지 마세요
나 집 떠나 멀리 있어도
밥 굶지 않고
길도 잃지 않아요 씩씩해요

엄마가 늘 마음속에 있고
엄마가 또 나의 길이기
때문이에요.

마음의 주인

마음 한켠을 비워 둔다
언제든 네가 돌아와
앉을 수 있도록
바닥을 깨끗이 쓸고
의자도 하나 마련해 둔다

오늘은 낙엽이 지는 날

한 잎 두 잎 바람에 날려
네가 와서 앉을 의자에
낙엽이 와서 앉는다
오늘은 나뭇잎이 너 대신이고
내 마음의 주인이다.

응원

오늘부터 나는
너를 위해 기도할 거야
네가 바라고 꿈꾸는 것을
이룰 수 있도록
그날이 올 때까지
기도하는 사람이 될 거야

함께 가자
지치지 말고 가자
먼 길도 가깝게 가자
끝까지 가 보자

그 길 끝에서
웃으면서 우리 만나자
악수를 하자
악수하며 하늘을
올려다보자.

함께 가자
지치지 말고 가자
먼 길도 가깝게 가자
끝까지 가 보자

보태는 말

물보다 진한 것은 피이다
이미 있는 말에
내가 한마디 보탠다

물보다 진한 것은 피이고
피보다 진한 것은 시간이다.

아이들 소리

우리 집에
한 떼의 아이들이 몰려와
떠들다가 돌아갔다

아이들이 돌아가고 한참 동안
아이들의 소리가 집 안 구석구석
남아 맴돌았다

벽 속에 벽에 걸린 액자 속에
더러는 뜨락의 꽃나무 꽃송이 속에
아이들의 소리가 조롱조롱 남아 웃고 있었다

아이들의 소리는 마치
서쪽 산에 지고서도 지지 않는 금빛 해와 같고
아직 떠오르지 않은 채
밝게 빛나는 은빛 달과 같다.

밤의 축원

고마워
너도 이 밤
편히 쉬거라

다리 풀고
마음 풀고
편히 자거라

잠 속에선
너도 나비
하늘 날고

꿈속에선
너도 꽃송이
아기 꽃송이

꿈을 꾸면 나도
너를 만나

함께 하늘 길

구름 길
꽃길을 걸어
먼 길 가 보자.

이유

●

꽃 옆에 서 보는 이유
내가 꽃이 아닌데
꽃이 되어 보고 싶어서

산을 바라보는 이유
내가 산이 아닌데
산이 되어 보고 싶어서

개울을 찾아가는 이유
내가 개울이 아닌데
개울이 되고 싶어서

나무도 그렇고 비둘기도 그렇고
금붕어도 그렇고 또
흰 구름도 그렇지

오늘 너를 생각하는 이유
내가 되어 보고 싶은 모든 것을

하나하나 너에게 주고 싶어서.

계단

●

사뿐사뿐 오르는
새하얀 운동화
가볍고

새하얀 운동화가
데리고 가는 새하얀 종아리
가볍고

새하얀 종아리가
데리고 가는 너 또한
가볍다

봄 되어 나폴나폴
하얀 나비 이 도시로
놀러 온 걸까

아무래도 좋겠다
아는 척 마는 척 너는 다만

가볍기만 하면 된다.

KTX

●

아무래도 무서운
상어는 아니다
덩치는 크지만
순한 포유동물
남방큰돌고래
대낮에도 두 눈에
불을 밝히고
돌진한다
내 가슴을 관통한다
아무래도 나를 먼바다로
데리고 가고 싶은가 보다.

남방큰돌고래
대낮에도 두 눈에
불을 밝히고
돌진한다
내 가슴을 관통한다

먼 곳의 고독

●

그곳이 얼마나
낯선 곳이니?
그곳이 또 얼마나
먼 곳이니?
그러니 외롭고
먹고 자고 사는 일이
고달플 거야
그렇지만 말이야
여기서 생각할 때는
그곳이 또 얼마나
가고 싶은 곳이고
아름다운 곳이니!
돌아오면 분명
그곳의 날들이
그리워질 거야
그곳의 고독과
그곳의 불편까지가
새로워질 거야

그러니까 말이야
그곳에 있을 때 충분히
그곳의 고독을 느끼고
그곳의 불편까지를
껴안아 주기 바라
돌아와 섭섭해하지 않고
후회하지 않도록 말이야.

안녕

한 가지 말로 만남과 헤어짐의
인사를 함께 하는 사람들이
이 세상 어디에 또 있을까?

만났을 때의 안녕은
말꼬리를 올려서 짧게
경쾌하고 부드럽게

헤어질 때의 안녕은
조금은 무겁게
말꼬리를 내려서 길게

안녕이란 인사말로
하루해가 간다
인생의 날들이 저문다.

재회

와락 반가운 마음에
엎질러진 마음
내려놓을 곳 몰라
새하얀 달빛 되어
쓰러진 무찔레꽃 덤불.

짧은 봄

다시 숨결 살아온
옛사람인가
새봄맞이 연둣빛
실버들인가

휘영청 달밤같이
가슴에 안겨 오는 아이
너는

아니 아니야
그냥 호잘분하고*
부드러운 비단 필인가

목마른 대지
수천 리 알몸을 풀어 헤친
강물 하나였던가 보다

짧아서 내내 섭섭한 봄

네가 한 번 왔다 갔기로
짧은 봄도 짧지 않았고
봄의 향기도 오래 남았다.

* '두껍지 않고 부드럽다'는 뜻의 충청도 지방어.

여름

●

나는 나무이고 또
풀이기도 한가 보다

햇볕을 쪼이면 몸이
저절로 따스해지고

바람 속에 서면 마냥
나부끼고 싶어지고

비를 맞으면 마음도
조금씩 푸르러진다

나도 나무나 풀처럼
자라고 싶은가 보다

춤을 추고 싶고
꽃을 피우고 싶은가 보다

우리 모두 나무가 되자
풀이 되어 보기로 하자.

필연

●

우연이었다
네가 내게로 온 것
내가 네게로 간 것

바람 하나
길모퉁이 돌아가다가
풀꽃 한 송이 만나듯
우연이었다 그것은

아니다
필연이었다
기어코 언젠가는
만나기로 한 약속

네가 내가 되고
내가 네가 되는 신비
그것은 필연이었다 분명.

네가 내가 되고
내가 네가 되는 신비
그것은 필연이었다
분명

다시 아침

오늘도 힘겹게 날이 밝았다
걱정은 줄어들고
세상이 환해진 것이다
잠 이루지 못해
무거운 네 눈썹 위에도
햇살은 밝다
너무 많은 걸 생각하지 마라
너무 많은 걸 꿈꾸지 마라
한 발자국씩 천천히
발걸음을 옮기면 된다
너무 힘들어하지 마라
멀지 않은 곳에 내가 있다
대신 살아 줄 수는 없지만
충분히 이웃이 될 수 있고
네가 다시 일어나
걷기 시작할 때까지
기다려 줄 마음이 준비되어 있다
날이 밝았다

같이 가자 같이 견디자
이것만으로도 참
너와 나에게는 다행스런 일이다.

8월

태양으로부터
무차별 쏟아지는
열정의 포화, 프러포즈

이 뜨거움 없으면
어찌 여름이
여름일 수 있겠니?

나무나 곡식이며 풀들은
어찌 일 년을 견딜 것이며
사람 또한 그러하겠니?

피서 혹서다
그럴 여유도 없다
태양의 선물이 고마운 것이다.

눈총

뒤통수가 자꾸만
근지럽다
왜일까?

돌아다보니
거기
꽃이 있었다

아, 꽃이 나를
지켜보고
있었구나!

아니다, 네가
꽃이 되어
거기 와 있었던 것이다.

이런 꿈

있잖아, 왜
이런 상상 이런 꿈

하늘로 올라가 서성이는 나의 마음이
역시나 하늘로 올라가 서성이는
너의 마음을 만나게 된다면
그곳 허공에 별이 하나 생긴다는 것!

멀리까지 가서 기다리는 나의 기도가
역시나 멀리까지 따라와 손을 잡는
너의 기도와 만나게 된다면
그곳 빈터에 한 송이 꽃이 피어난다는 것!

이런 소망 이런 꿈이
나를 오래 살아서 숨 쉬게 한다.

하는 말

네가 힘들 때
내가 하는 말은
사랑한다 애야

네가 슬퍼할 때에도
내가 하는 말은
사랑한다 애야

정작 네가 보고 싶을 때
내가 하는 말 또한
사랑한다 애야.

연꽃 맨발

너의 맨발은 너무나도
깨끗하고 예뻐서
흠, 흠, 냄새를 맡으면
향내가 날 것만 같아

너의 맨발은 한 번도
더럽혀진 적이 없어서
엎드려 입을 맞춰도
좋을 듯해

일어나라 걸어라
바다 위를 걸어라
연꽃 송이 맨발로
바다를 밟으면

바다 풍랑도 가라앉고
바다 물소리도 잠잠
바다가 통째로 연꽃이 되고

바다가 통째로 향내가 나네.

너에게도 안녕이

자전거를 타고 가면서
세발자전거를 타고 가는
여자아이를 만나
안녕, 하고 인사를 했다
아이도 안녕, 웃으며
인사를 받았다

조금 더 가다가
애기똥풀꽃을 만나 또
안녕, 하고 인사를 했다
애기똥풀꽃도 배시시 웃으면서
안녕, 하고 따라서
인사를 받았다

오늘은 모처럼 비가 내리고
맑고 파란 하늘
맑아도 너무 맑은 하늘
우리는 너무 오래 만나지 못했다

너에게도 안녕이 있기를 바란다.

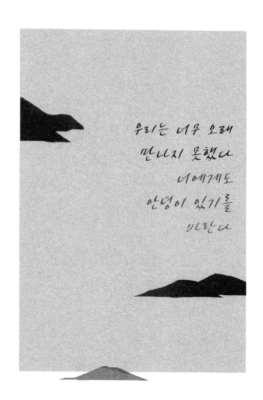

연어 같은

●

바다 여행 금방 끝내고
민물로 돌아온 연어 같은 너

펑펑하게 힘이 있고
시원스러운 지느러미를 가진 너

다시금 소금 바다로
풀어놓아 줄까 보다

더 많은 바다 더 넓은 바다
살아 보라고

돌아와 더 많은 이야기
들려 달라고

돌아와 더 커다란
세상, 사랑 열어 달라고.

발을 위한 기도

너의 발을 위해 기도한다

너의 몸 가운데 가장 낮은 데 있고
가장 어려운 일을 자임하면서도
칭찬도 받지 못하는 발

어쩌면 너의 발이 너를
이리로 데려왔을까?
모든 어둠과 어려움을 이기고서도
이토록 눈부신 모습으로 데려왔을까?

앞으로도 어두운 길 험한
길을 비록 갈지라도
상하는 일 힘 드는 일 없기를
비노라 바라노라

한사코 너의 발을 부여잡고
울먹이며 기도한다.

봄의 느낌

●

오래전 네가
외국 여행 다녀오면서
사다 준 머플러
주황색에 다갈색 무늬
이중으로 어우러진
비단 머플러

봄이 올 때마다
다시 꺼내 목에 감으며
너를 다시금 만나
너의 부드러운 손길
아니 부드러운 마음결
다시금 느껴

이제 나에겐
네가 사 준 머플러가
너이고
너 대신이란다

비단결같이 부드러운
머플러
머플러같이
부드럽고 살가운 너

너를 다시 느끼는
이 봄이 새롭게 좋아.

꽃을 피우자

봄이 오니
화를 냈던 일
부끄러워진다
슬퍼했던 일
미안해진다

꽃이 피니
미워했던 일
뉘우쳐진다
짜증 냈던 일
속상해진다

나도 분명 꽃인데
나만 그걸
몰랐던 거다
봄이다 이제
너도 꽃을 피워라.

나도 분명 꽃인데
나만 그걸 몰랐던 거다

개밥 별

●

어제저녁엔 좋았다
모처럼 너를 만난 것도 좋았지만
밤하늘을 함께 바라본 것이 좋았다
모처럼 정말 모처럼 거짓말같이
맑고도 깊은 하늘
샘물 같은 하늘에 별이 있었지 뭐냐
별 가운데에서도 유난히 크고 맑게 빛나는 별
너는 그 별이 무슨 별이냐고 물었고
나는 그 별이 개밥 별이라고 말해 주었지
개밥 별!
저녁이 와서 사람이 밥을 먹고 개한테
밥을 줄 때 뜨는 별이라고 해서 개밥 별이지
개밥바라기 별이라고도 해
보아라 저 별이 배가 고픈 개가
사람을 바라보는 것처럼
애처롭고 간절한 눈빛이잖니!
그러게요 처음 듣는 얘기예요
신기하게 듣고 귀를 기울이는 너의 눈빛이

또 깊고도 맑고 푸른 우물물 같았다
그래그래, 또 하나의 개밥 별이었다.

눈이 내린 날

어쩌면 좋으냐
네가 너무 많이 예뻐서
어쩌면 좋으냐
예쁜 네가 너무 많아서

하늘에도 너는 있고
땅에도 너는 있고
나뭇가지에도 너는 있고
개울물 소리 속에도
너는 있는데

어쩌면 좋으냐
더구나 오늘은 눈이 내린 날
세상 어디에서도 너를
만날 수 없어서
세상 어디에서도 너는
너무 많이 없어서.

꽃 피는 시절

어린 여자아이 하나가
엄마 팔에 매달려
까르르까르르 웃으며 간다
여자아이 주변의 공기도
까르르까르르 웃으며
꽃으로 피어난다
(처음 보는 꽃이다)

여자아이는 또 엄마에게
작은 목소리로 쫑알쫑알
무슨 말인가를 자꾸만 한다
여자아이 머리 위의 공기도
물방울로 피어난다
(처음 보는 물방울이다)

세상이 이제는
꽃처럼 환해지고
물방울처럼 투명해진다.

레드우드

●

너는 내가 선택한 한 사람
나는 네가 선택한 한 사람
둘이 아닌 오직 하나

그 한 사람으로서의 너
그 한 사람으로서의 나
그래서 우리는 오늘 가득하고
혼자여도 혼자가 아니다

어떠한 비난과 시련
절망 앞에서도
결코 쓰러지지 않는다
다만 함께 흔들릴 뿐이다.

너는 내가 선택한 한 사람
나는 네가 선택한 한 사람
둘이 아닌 오직 하나

제4부

씩
씩
한

낮
잠

엄마는 착하다

●

우리 집은 아파트 일 층
베란다 밖에 고양이 산다

한 마리가 아니라 두 마리
세 마리 어떤 때는 네 마리

집이 없는 고양이다
주인 없는 고양이다

고양이들 배고프겠다
엄마는 고양이 밥을 챙긴다

아빠 싫어하는 눈치를 살피며
고양이들 밥을 준다

겨울이면 아파트 베란다 앞에
더욱 바짝 다가와서 자는 고양이

고양이들 춥겠다
우리 엄마는 고양이들 마음을 안다.

길냥이

집이 없는 고양이
길고양이

밖에서만 사는 고양이
길냥이

배고프면 쓰레기통도 뒤지고
아무 데서나 잠도 자고

사람들 싫어한다
애기처럼 우는 소리가 싫다고 한다

그래도 귀엽다 길냥이
한 마리씩 이름을 지어 준다

귀요미, 꽁냥이, 새침이, 순둥이
엄마와 나는 그렇게 부른다.

애기들

엄마는 길고양이들을
'애기들'이라 부른다

엄마에겐 내가 있고
동생이 있는데

엄마에겐 아이가
또 있나 보다

길고양이들 모두가
엄마의 아이들인가 보다

그렇다면 길고양이들은 모두가
내 동생?

심부름

●

옆 동 아파트 503호
은지네 집 갖다주고 오너라
엄마가 만든 만두 열 개
비닐 바구니에 담아 가지고
심부름 가는 길

아파트 문 열고 계단 내려갈 때
어떻게 알고 왔는지 고양이들
요 녀석은 귀요미, 요 녀석은 꽁냥이
한동안 안 보이던 순둥이도 왔네

야옹, 배고파요
우리도 한 입 주세요
울면서 따라온다
어떻게 하지? 만두는 열 개

에라 모르겠다
바구니 뚜껑 열고 하나씩 나누어 준다

더 주세요, 야옹
더 먹고 싶어요, 야옹

안 돼, 더는 안 돼
만두는 이제 일곱 개
엄마한테는 비밀이야
더는 따라오지 마, 알았지?

고양이 이름

그렇게 부르지 마세요

털 색깔이 누렇다고 해서 치즈
털 색깔이 검은색 흰 줄이 있다 해서 고등어
터줏대감이라 해서 경비원

길고양이들 그렇게 부르지 마세요
그냥 길고양이라고 부르든지
줄여서 길냥이라고 불러 주세요

길냥이
얼마나 예쁜 이름이에요!
예쁜 친구 이름 같잖아요

외할머니 공주 할머니
아멘 할머니는 고양이를
나비라고 불러요
나비야, 부르면 나비처럼 순하게

다가와 안긴다 그래요

좋아요
나비도 좋고 길냥이도 좋아요
치즈라고 고등어라고 경비원이라고
그렇게는 부르지 마세요.

봄

●

유리창 밖 산수유꽃
뽀지직뽀지직
샛노랑 팝콘
터지듯 피어나는 날

엄마와 이야기한다

봄이 왔나 보다
왜?
창밖에 고양이들이 안 보여
고양이들이 떠났나 봐

엄마는 봄이 온 것이
반갑기도 하고
섭섭하기도 한가 보다.

유리창 밖 산수유꽃

뽀지직 뽀지직

샛노랑 팝콘

터지듯 피어나는 날

친구

친구가 없다 오늘은
아니다
친구와 다퉜다
그래서 오늘은 혼자다

벤치에 가방 내려놓고
혼자 앉아서
햇볕을 쪼이고 있으려면

어디서 알고 왔는지
쪼르르
내 옆자리에 와서 앉는 길냥이
내가 지어 준 이름은 꽁냥이

지난겨울 우리 집 아파트
베란다 앞에서 살던 녀석이다
엄마가 밥을 챙겨 주던 고양이다

그래, 오늘은 네가 친구다
고마워
너하고 놀다가 집에 가야겠다.

더펄이

한 발 다가가면 한 발 물러서고
한 발 걸어가면 한 발 따라온다

겁이 많은 더펄이
털이 길고 겁이 많은 저 더펄이

누구네 집에선가 기르다가
내다 버린 고양이라 그렇다

엄마가 그런다
길고양이 세상에서도 밀리는 고양이라고

안됐다 더펄이
먹이를 주면 받아만 먹고 사라지는 더펄이.

새끼 고양이

어미 고양이는 많이 보았는데
새끼 고양이는 한 번도 본 일이 없다

엄마, 왜 새끼 고양이는 없어?
왜 새끼 길고양이는 없는 거야?

글쎄, 엄마도 모르겠는데
어딘가 저희 집에 있지 않을까

엄마가 너희들 어렸을 때
집에만 숨겨 놓고 길렀듯이

고양이들도 어딘가 저희 집에
새끼들 숨겨 놓고 기르는 게 아닐까

아 그렇구나, 길고양이들도
엄마는 엄마고 애기는 애기구나.

씩씩한 낮잠

선풍기 에어컨이 있는 방 안에서도
덥다 덥다 사람들은 그러는데
길냥이 하나 길에서 잠을 자고 있어요

어찌나 더운지 아파트 모퉁이
돌계단에 머리를 대고 잠을 자고 있어요
그래도 그늘 속이라 다행이라 그럴까요

길냥아 길냥아 미안해
이렇게 더운 날 밖에서 잠자게 해서 미안해
그래도 편히 자고 저녁 시간 돌아다니렴

이따가 캣맘이 오면
먹이도 줄 거야
우리 씩씩하게 더운 여름 잘 견뎌 보자.

꽃기린

꽃기린이 꽃을 피웠다
조그만 아주 조그만 화분에 담겨
아주 조그맣게 자란 꽃기린
꽃을 피우면서 꽃기린은
엄마 꽃기린을 생각했다
오래전 꽃기린이
엄마 꽃기린을 떠나올 때
엄마의 말이 떠올랐기 때문이다
애기야 너는
가시나무가 아니란다
예쁜 꽃을 피우는 꽃나무란다
부디 그걸 잊지 말아라
꽃기린은 조그만 화분에 담겨
아주 답답하게 자라면서도
엄마의 말을 잊지 않았다
그래, 나는 가시나무가 아니야
꽃나무야 엄마가 그랬어
꽃기린이 처음으로 꽃을 피우던 날

엄마 꽃기린도 애기 꽃기린을 생각했다
아, 보고 싶다 우리 애기
얼마나 자랐을까?
그러다가 그만 엄마 꽃기린도
꽃을 피우고 말았다
붉고 둥근 꽃이다
멀리 아주 멀리
애기 꽃기린도 꽃을 피우면서
엄마 꽃기린을 생각했다
엄마가 보고 싶다
엄마도 잘 지내시지요?
나도 잘 지내고 있어요
두 나무 꽃기린의 꽃이 더욱 붉어졌다.

너는 가시나무가 아니란다
예쁜 꽃을 피우는 꽃나무란다
부디 그걸 잊지 말아라

후회

●

사랑은 말이야
받아서 기쁜 마음이 아니라
주고서 기쁜 마음이란 걸
어린 네가 알면
얼마나 좋을까?

그렇지만 말이다
나도 그걸 어려서는
차마 알지는 못했단다.

예원이에게 쓰는 편지
청소년이 시를 읽어야 하는 까닭

예원아. 너도 알다시피 언어는 우리 인간만이 가진 가장 귀한 표현 도구이다. 인간은 언어가 있으므로 인간이다. 무엇보다도 인간은 언어로 생각하고 언어로 표현한다. 그러기에 하이데거 같은 철학자는 "언어는 존재의 집이다."라고까지 말했다.

언어가 있으므로 인간은 오늘날과 같이 번영된 삶을 누릴 수 있었다. 과학이나 예술이나 역사 등, 인류의 모든 문명과 문화는 언어에 의해서만 가능한 것이었다. 특히 문학 작품은 오직 언어에 의지한 표현 수단이다. 문학 가운데에서도 시는 언어의 정수라고 할 수 있겠다.

언어로 표현된 모든 문장 가운데에서 시야말로 가장 빼어난 언어의 조합이고 아름다운 언어의 꽃이라 할 것이다. 심지어 시는 인간의 영혼을 드러내기도 한다. 지식이나 정서나 정신 그 너머에 깊숙이 숨어 있는 영혼 말이다. 그러기에 시는 역사의 벽을 넘어서 미래까지 전해지는 것이다.

중등학교로 문학 강연을 나갈 때면 학생들과 이야기해 본다. 시의 특징으로는 무엇이 있을까? 의외로 학생들은 서슴없이 합의해 준다. 짧아야 한다, 단순해야 한다, 표현이 쉬워야 한다, 그리고 임팩트가 있어야 한다. 그런 점에서 오늘날 학생들은 참 영리하고도 똑똑하다.

그런데 말이다, 정작 오늘날 시인들은 그렇게 시를 쓰지 않는다. 될수록 길게 쓰고 복잡하게 쓰고 비틀어 어렵게 표현한다. 그런 시치고서 감동 있는 작품은 드물다. 그래서 무슨 일이 일어나는가? 독자들로부터 시집이 외면당한다.

가끔 나는 유명한 시, 유명한 시인 대신에 유용한 시, 유용한 시인을 생각해 본다. 우선은 시가 사치품이 아니고 실용품이 되어야 할 것이다. 왜 사람들은 시를 읽을까? 의무감에서 읽는 것이 아니다. 필요해서 읽는 것이다. 특히 자기들 마음의 필요에 따라서 읽는 것이다.

카뮈는 말했다. "글을 어렵게 쓰면 평론가가 모이고 쉽게 쓰면 독자가 모인다." 또 헤밍웨이는 이렇게 말했다. "글을 읽기 쉽게 쓰는 것이 읽기 어렵게 쓰는 것보다 힘들다." 글 쓰는 사람들은 이런 말들을 가슴에 새겨야 한다.

그렇다면 시는 실용품이 되어야 한다. 당연한 일이다. 배탈이 났을 때 무슨 약을 먹는가? 배탈이 낫는 약을 먹는다. 그런 점에서 나는 시도 약이 되어야 한다고 생각한다. 독이 아닌 약,

사람을 살리는 약 말이다. 시가 약이 되기만 한다면 사람들이 시를 읽지 않을 까닭이 없다. 나의 생각은 여기에 머문다. 시가 필요 불가결한 것이 되고 사람을 살리는 약이 되어야 한다는 것! 분명히 도움이 되는 그 무엇이 되어야 한다는 것!

예원아. 오늘날 우리 한국 사람들은 물질적으로는 분명 잘 살고 있는 편인데 마음으로는 많이 고달프고 힘들다고 그런다. 우울하기도 하고 불안하기도 하고 소외감에 시달린다고도 그런다. 말하자면 배가 고픈 것이 아니라 마음이 고픈 것이다.

이런 사람들을 위해서 시인이 어떤 시를 써야 하고, 시는 또 무슨 일을 해야만 할까? 당연히 위로와 축복과 치유와 감동이 있는 시가 되어야 할 것이다. 손가락을 다쳤을 때 반창고를 붙여서 치료하듯이 상처 난 마음을 치료해 주는 마음의 반창고가 되어야 하는 것이다.

그러한 시는 대단한 것이 아니다. 작아도 좋고 허술해도 좋고 화려하지 않아도 좋다. 문제는 공감이다. 소통이다. 공감은 소통에서 오는 것. 무엇보다도 오늘날 시에 필요한 것은 소통이다.

너와 내가 둘이 아니고 하나라는 것, 나의 문제가 너의 문제이기도 하다는 것. 서로를 응원하고 동행을 허락해야 한다. 그렇다면 사람들이 시를 읽지 않을 까닭이 없다. 읽지 말라고 해도 읽을 것이다.

나는 해마다 여러 차례의 문학 강연을 한다. 가까운 고장보다는 먼 고장에서 불러 주어서 하는 강연이다. 전국 각지를 떠돌면서, 어른들도 만나지만 중등학교 학생들을 만나기도 한다.

학생들을 만나면 내가 먼저 기분이 좋아진다. 왜냐하면 그 어린 사람들이 나의 시를 알고 나의 말을 듣고 싶어 하기 때문이다. 그것은 보통의 일이 아니다. 아주 중요한 일이다. 시인으로서의 영광이요 기쁨이요 보람이다.

청소년들은 나이 든 어른들보다 더 오래 세상을 살 사람이다. 그런 청소년들이 나의 시를 읽고 나를 기억하는 일은 매우 고맙고 감동적인 일이다. 나의 시가 청소년들의 마음을 변화시킬뿐더러 그들을 통해 오랜 세월 기억될 수 있기 때문이다.

특히 청소년들이 시를 읽는 일은 중요하다. 흔히들 중학교 시기를 문제가 많은 시기라고 말한다. 정서적으로 안정이 안 되어 많이 흔들리는 시기, 혼돈의 시기라고 말한다. 맞는 말이다. 그 시기가 바로 사춘기이다. 사춘기는 몸은 어른이 되어 가는데 마음은 어린 상태로 남아 있는 것을 말하기도 한다.

일종의 언밸런스이다. 부조화, 비대칭, 특히 감정의 불안. 그러기에 청소년들에게 시를 많이 읽혀야 한다. 아니, 시가 필요하다. 만약에 청소년들이 시를 많이 읽으면 어떻게 될까? 대번에 정서적으로 안정이 올 것이다. 정서적으로 성숙될 것이다.

이것은 결코 허언이 아니다. 나는 여러 학교에서 그런 실례를 보고 확인했다. 유난히 강연을 듣는 태도가 좋은 아이들을 보면 어김없이 선생님의 안내에 따라 시를 읽은 학생이다. 무엇보다도 그들의 눈빛이 온유하고 깊고 사색적이다. 그것이 바로 시 읽기가 가져오는 가장 큰 변화이며 소득이다.

예원아. 다시 한번 말한다. 정말로 시 읽기가 필요하고 시급한 사람은 청소년이라고 생각한다. 제발 학교 선생님들이나 아이를 둔 학부모들이 이 점을 알아주었으면 좋겠다. 청소년 시절에 좋은 시를 읽으면서 어른으로 자란 사람은 정서적으로 안정되어 있을 뿐 아니라 정신적인 집중력도 높을 것이다.

그것은 또 시의 속성을 알게 되면 대번에 수긍이 가는 문제이다. 시는 소재가 감정이고 표현 수단이 아름다운 언어이다. 그것을 나는 '울컥'과 '쓱'이라고 표현하기도 한다. '울컥' 솟구치는 감정을 '쓱' 하고 가볍게 쓴다는 말이다. 여기에 답이 들어 있다.

인간은 의외로 감정적인 존재이다. 감정 때문에 잘못되기도 하고 행복을 느끼기도 하고 불행을 느끼기도 한다. 의외로 인간의 문제 가운데 많은 분야를 감정이 좌우하고 있다. 이러한 감정을 조절하는 가장 좋은 방법은 시를 읽고 시를 생각하고 가슴에 간직하는 일이다.

그래서 내가 청소년들에게 시를 읽히는 일이 중요하고 시급하다고 말하는 것이다. 청소년들이 시를 즐겨 읽을 때 우리나라는 더 좋은 나라가 될 것이다. 평화로운 나라, 안정된 나라, 아름다운 나라가 될 것이다.

예원아. 여기까지 함께 읽어 준 너에게 감사한다.

창비청소년시선 27

너에게도 안녕이

초판 1쇄 발행 • 2020년 2월 27일
초판 7쇄 발행 • 2024년 4월 5일

지은이 • 나태주
펴낸이 • 김종곤
편집 • 서영희·박문수
펴낸곳 • (주)창비교육
등록 • 2014년 6월 20일 제2014-000183호
주소 • 04004 서울특별시 마포구 월드컵로12길 7
전화 • 1833-7247
팩스 • 영업 070-4838-4938 / 편집 02-6949-0953
홈페이지 • www.changbiedu.com
전자우편 • contents@changbi.com

ⓒ 나태주 2020
ISBN 979-11-89228-87-3 44810